LE CID

4ᵉ SÉRIE IN-12.

Enfin il aperçoit les hautes tours de son castel.
(P. 11.)

LE CID

ÉPISODE

DE SA DISGRACE

(1094)

PAR A. R.

LIMOGES

EUGÈNE ARDANT ET Cⁱᵉ

ÉDITEURS

LE CID

ÉPISODE DE SA DISGRACE

(1094)

I

ALPHONSE VI, *roi de Castille.* — C'en est trop, Rodrigue, c'en est trop : toutes vos menées sont enfin découvertes. Le masque trompeur dont vous vous enveloppiez devant moi est enfin arraché, et votre ambition, que vous cachiez sous les apparences de dévouement à la patrie, n'obtient plus de la cour et de l'Espagne que la réprobation la plus méritée..... Vous paraissez surpris?... Eh bien ! répondez aux accusations formulées contre vous !... Alléguez un mot d'excuse, parlez, je vous écoute.

LE CID. — Je suis effectivement stupé-

fait, sire, des soupçons étranges conçus
par votre majesté contre moi, et, après
avoir examiné ma conduite, ainsi que
les motifs qui l'ont inspirée, je n'y trouve,
je vous le jure, aucune action, aucune
pensée qui n'aient tendu à la gloire de
mon pays et de mon souverain.

ALPHONSE. — Assez de ces frivoles dis-
cours, assez de ces vaines protestations.
Pouvez-vous, en présence de faits aussi
éclatants que ceux que je vous ai pro-
duits, oser afficher des sentiments em-
preints d'une telle dissimulation?

LE CID. — Ah! sire, un pareil mot
adresé à Diaz Rodrigue de Bivar?

ALPHONSE (*sans l'écouter*). — Depuis
tantôt dix ans, ce n'est plus Alphonse
qui règne en Castille, c'est un petit châtelain de Bivar, comme vous dites, qui,
abusant des faveurs dont l'a comblé son
roi, prétend dominer seul, gouverner son
maître, diriger ses actes!.....

LE CID. — Dieu m'est témoin.....

ALPHONSE. — Qui, écartant tous les
rivaux dont le mérite lui portait om-
brage, a privé son souverain de ses
meilleurs amis, de ses plus fidèles conseillers, afin que ses vues égoïstes et
perfides pussent triompher sans obstacle?

LE CID. — Eh bien! sire, je suis fier
d'en convenir; ce que vous me repro-
chez est peut-être mon plus beau titre de
gloire, ce que j'ai fait de plus utile à l'Espagne et à votre majesté.

ALPHONSE. — Quoi! vous osez joindre
cette insolence à tant d'autres? Vous
avez l'audace de soutenir que cette œuvre d'ignoble jalousie est au contraire
pour vous une action glorieuse et méri-
toire?

LE CID. — Je n'ai jamais travaillé à
écarter de vous, sire, ces hommes dé-
voués, ces conseillers sages et fidèles,
qui pouvaient vous aider à gouverner le
royaume avec prudence et désintéresse-
ment; mais jaloux de la dignité de mon

roi et du bien de ma patrie, j'ai cherché
à vous rendre indépendant de la foule de
ses flatteurs, de ces âmes basses et cu-
pides, qui voulaient s'emparer à votre
envie de votre pouvoir et régner à votre
place. Je m'indignais de voir sans cesse
autour de votre personne un Gayferos,
un Montesima, un Allermas, vous sug-
gérant les conseils les plus pervers pour
le malheur de l'Espagne et de votre couronne. Je n'ai pu laisser dans l'ombre
leurs coupables intrigues, j'ai réduit à
néant leurs funestes projets.

ALPHONSE. — O criminel attentat contre moi-même ! Orgueil inconcevable que
le vôtre ! Nierez-vous par hasard votre
arrogante conduite à l'égard de votre
maître, dans les conseils où vous appe-
lait sa bienveillance ? Votre unique soin
était de le contredire en tous ses des-
seins, de vous mettre en opposition avec
ses désirs, ses volontés les plus for-
melles.

Le Cid. — Appelé dans vos conseils, comme vous l'avez dit, sire, par votre bienveillance, j'avais juré de remplir, dans son intégrité la plus scrupuleuse, la charge dont vous aviez bien voulu m'honorer et j'en connaissais les devoirs. Le premier de ces devoirs était de vous faire connaître la vérité dans tout son jour. Si j'ai eu le malheur de déplaire en le faisant, c'est qu'un soldat ne peut, ni ne doit savoir dissimuler.

Alphonse. — C'en est trop! Cette dernière insolence met le comble à toutes celles que vous m'avez prodiguées. Partez à l'instant, disparaissez de la cour et du royaume, que le jour de demain vous trouve sur la route de l'exil.

Le Cid. — Ah! sire! quel coup et quel malheur!... O ma patrie! ô Chimène!

Alphonse. — Vous avez entendu mes volontés?

Le Cid. — Eh bien! quoi qu'il advienne, je subis cette sentence avec le respect

que je dois à mon souverain et à ses
ordres. Souffrez seulement que je vous
plaigne, sire, vous et l'Espagne, d'être
à la merci d'intrigants qui causeront votre ruine. Le Cid est exilé, beaucoup
d'autres, hélas! le suivront dans sa disgrâce. Je pars ; et puisqu'il m'est défendu
de servir désormais mon seigneur et
mon roi, je vais encore servir ma patrie
dans mon exil. Fasse le ciel qu'Alphonse,
mon maître, n'ait pas un jour besoin de
me rappeler!

(Ils se retirent de deux côtés différents.)

II

Le héros quitte la cour et, triste, silencieux, revient vers le manoir de ses
pères, l'antique château de Bivar.

Quelle amertume est la sienne, au souvenir de Chimène, son épouse, au souvenir de ses deux filles Dona Sol et Dona
Elvire, qu'il va peut-être embrasser pour

la dernière fois ! car il ne peut les ame-
ner avec lui dans sa retraite lointaine et
il ne sait s'il doit jamais en revenir.

Babiéca, son coursier, chevauche à
travers les vallons et les plaines et le
rapproche de plus en plus de celles qui
attendent depuis un mois son retour.

A mesure qu'il avance, les angoisses
deviennent plus *vives* dans son âme ; tout
entier à ses préoccupations, il laisse les
rênes flotter sur le cou de son palefroi,
qui change ou garde les allures de son
pas en liberté.

Enfin il aperçoit les hautes tours de
son castel et son cœur frissonne, ses yeux
se troublent, il frémit sur ses arçons.

Lorsqu'il approche, le cri d'alarme de
la sentinelle retentit ; il lui jette machi-
nalement son nom et, quand il pénètre
dans sa demeure, deux jeunes filles accourent sur le perron de l'avant-cour.
Chimène les suit.

Le héros, essayant de dissimuler toutes ses impressions, saute lestement de son cheval, qu'il remet à Gonzalès, son écuyer, et un moment après, sa famille, accourue auprès de lui, le reçoit dans ses bras.

— O Rodrigue!.. O père!... lui disent tour à tour son épouse et ses enfants, en entrant avec lui dans l'intérieur du castel; vous resterez enfin quelque temps avec nous?... Pourquoi toujours être en guerre ou auprès du roi?...

A de telles paroles le cœur de l'infortuné sent renaître toutes ses angoisses; il n'ose, il ne peut rien répondre.

— Eh quoi! reprend Chimène alarmée, vous soupirez, Rodrigue?... Allons-nous donc vous voir repartir encore?... Quelle nouvelle expédition vous réclame au loin?

Ce mot est un trait de lumière pour son esprit troublé, inquiet; il surmonte brusquement sa douleur, et, d'un ton chevaleresque :

— Je me dois, vous le savez bien, dit-il, à Dieu et à l'Espagne! et mon bras ne saurait reposer tant que les mécréants habitent cette terre. Or sus, enfants et vous, dame, leur mère, soyez fermes et vaillantes ; le Cid n'en est point à sa première séparation ni à son premier combat et il revient toujours victorieux à Bivar.

— Mes filles, s'écria Chimène en pénétrant dans la grande salle, votre père nous apporte toujours chagrin et désolation! et elle se laissa tomber le cœur défaillant, sur un carreau de velours.

Tandis que les deux enfants s'empressent autour d'elle, le héros, s'arrachant à un spectacle qui vient redoubler toutes ses émotions, se rend en toute hâte auprès de ses varlets, de ses hommes d'armes, retirés dans les bas côtés du château ; et, paraissant tout à coup au milieu de leurs groupes :

— Alerte ! amis, leur dit-il avec une apparente gaieté, sur vous je compte

pour nouvelle course aux frontières mau-
resques, nous partirons demain matin de
bonne heure et irons conquérir comme
toujours grande gloire et riche butin.
Préparez chevaux et armes, car tel est
l'ordre du roi ; la troupe de Fernandez
demeurera seule ici pour la défense de
dame Chimène et des enfants.

— Toi, Salvadorez, dit-il à son neveu,
jeune homme de 17 ans, qu'il formait au
milieu des soldats eux-mêmes à la rude
vie des camps, Salvadorez, tu porteras
comme toujours la bannière des Bivar,
elle représente l'honneur de notre race.

Les acclamations des 500 braves, qui
faisaient dans toutes ses expéditions
l'élite de ses troupes, accueillirent une
fois de plus avec transport cet appel
guerrier et de toute part on se mit à
préparer glaives, piques, lances, harnais
et chevaux pour l'heure prescrite.

Le Cid rentra dans le manoir, pour
aller à son tour apprêter son équipement"

de guerre ; il y reparaissait à peine,
lorsque sa famille éplorée vint de nouveau se jeter à son cou, lui redire ses
chagrins et demander à veiller avec lui
jusqu'à son départ. Il y avait si longtemps
qu'on ne l'avait pas revu !

— Oh ! je ne le veux point, répondit-il
tout ému, et vous ordonne à toutes de
vous retirer dans vos appartements ,
car bien avant l'aube nous devons être
dehors, mais je vous embrasserai avant
le départ.

Elles se retirèrent bien tristes.

Lui, passant rapidement dans la salle
d'armes, ajusta sa cuirasse, ses gantelets
de fer, son casque, reprit sa Tizzona, la
formidable épée de ses batailles, et,
quand il lui sembla que tout était silencieux autour de lui, revêtant en pleurant
son armure, il songea à devancer le
départ de ses compagnons, pour tromper
la douleur des siens et s'épargner à lui-
même des adieux déchirants.

Il descendait sans bruit vers la cour, lorsque devant ses pas, dans l'ombre, se rencontre Chimène en larmes, qui, tombant à ses pieds, lui dit d'une voix étouffée par les sanglots :

— O Rodrigue ! Rodrigue ! jamais pour aucune expédition ou éloignement vous ne nous fîtes tel mystère !... Où allez-vous donc aujourd'hui ?... Votre absence doit-elle durer longtemps ?... Ah ! parlez, répondez-moi, de grâce ! Nos enfants ne peuvent entendre. »

Lui, tout-à-coup, haletant, troublé devant cette apparition douloureuse :

— Mes enfants ! mes enfants ! dit-il. Oh ! oui, que je les embrasse !

Et, se glissant dans leur retraite, il les trouva endormies ; il déposa furtivement un baiser, quelques larmes sur leur front et se hâta de sortir.

Chimène le suivait toujours, demandant avec anxiété une parole qui la rassurât, qui pût la faire espérer durant

son absence ; le héros ému, oppressé,
ne pouvait répondre que des mots indé-
cis, évasifs, et quand elle voulut des-
cendre avec lui dans la cour du manoir,
il n'eut que la force de lui dire, en la
retenant :

— Espérez ; bientôt, noble dame, re-
viendra votre époux, car Dieu est juste !

Il se détourna pour s'arracher à son
étreinte, mais elle, brisée par ses émotions et ses inquiétudes, s'évanouit dans
ses bras.

A ses cris, à ses sanglots, quelques-
unes de ses suivantes venaient d'accou-
rir. Rodrigue la confie à leurs soins, et,
se précipitant vers la grille d'enceinte,
il crie à son écuyer :

— Gonzalès, menez ici Babiéca et partons tous deux... Vous, Alvar, dit-il au
chef de son escorte, réjoignez-nous dans
une heure à la gorge d'Elma.

Sans retard on prépare, on lui conduit
son coursier ; il saute en selle et, suivi

de son varlet, il quitte silencieux le château de ses pères.

III

En se dérobant si précipitammont au
milieu des ténèbres de la nuit, il voulait
cacher à ses compagnons d'armes eux-
mêmes les pénibles émotions de son
cœur ; il craignait de leur attachement
et de leur indignation une vengeance
contre la cour de Burgos.

Il partit à toute bride et il resta longtemps sans échanger une parole avec
son écuyer ; Gonzalès en fut surpris, car
le Cid était toujours de belle humeur,
mais il n'osa poser aucune question.

Quand les sierras s'élevèrent devant
eux, ils s'enfoncèrent ensemble dans une
gorge étroite, où l'obscurité masquait
toute route, et le varlet rompant alors le
silence :

— Seigneur, dit-il, nous voici au

ravin d'Elma! Devons-nous y faire halte
et attendre?

Sans répondre, son maître tourna brusquement à droite, ils gravirent un sen-
tier dans la roche vive et montèrent sur
sa pointe, pour mieux écouter les bruits
de la plaine.

Une demi-heure s'écoula dans l'impatience et pour Rodrigue dans l'anxiété.
Que n'était-il pas survenu à Chimène, à
ses enfants, instruits de son départ?

Enfin on entend au loin un écho sourd
et prolongé, qui se rapproche de plus en
plus et déjà résonne dans les flancs de la
montagne, en même temps que la voix
du capitaine Alvar jette dans les rangs
le cri de son maître.

Ressaisissant les rênes de son cheval :
— « Gonzalès, dit le héros, en avant!
ce sont eux! » et tandis que la troupe
entre en tumulte dans l'encaissement du
rocher, lui, descendant la pente, vient à
sa rencontre en criant : — « Halte

aux soldats de Bivar ! Ordre du Cid ! »

Une immense acclamation lui répond au milieu du choc des armures, et quand les chefs principaux sont venus prendre auprès de lui leur poste d'honneur, il tourne bride, redonne le signal de marche et précipite son escorte vers les frontières de la Castille.

L'aube paraissait et, autour de Rodrigue, derrière lui, les guerriers devisaient joyeusement sur les éventualités de cette nouvelle excursion au pays More, où ils avaient si souvent porté la terreur de leurs armes.

Le Cid, malgré ses héroïques efforts pour dominer l'agitation de son cœur, demeurait encore pensif.

Il dit soudain à demi-voix, en se penchant sur Alvar :

— En quel état avez-vous laissé le castel ?

— Messire, lui répondit son compagnon et son ami, comme toujours grand émoi y a suivi votre départ, mais le capitaine Fernandez, vieux serviteur des Diaz, avait fini par calmer les alarmes des enfants et de leur mère, quand nous avons sauté sur nos arçons.

— C'est bien! se contenta d'ajouter Rodrigue et il rentra dans son silence.

Au bout de quelque temps, Gomez, un de ceux qui l'environnaient, réveilla les propos et la gaieté dans la troupe, en commençant les entretiens, les saillies qui leur étaient ordinaires dans ces occasions.

— Il faut donc, dit-il joyeusement, que l'insolence des païens ait été de nouveau prompte et hardie, pour nous être mis si lestement en campagne!

— Vous ne vous souvenez donc plus de circonstance pareille aux rencontres de Signenza et de Badajoz? reprit le capitaine Diaz.

ALVAR. — Ni des alertes nocturnes de Hénarès, de Médina et de Téruel? Certes!

la vie de soldat castillan est avec le voisinage des Mores une vie d'alarmes et de courses à toute heure, sur toute frontière.

GUZMAN. — Principalement lorsqu'on fait service chrétien sous la bannière du Cid Rodrigue.

ARRIAS. — En vérité, il y avait profit et honneur moindres parmi les hommes du seigneur Olivarès, qui ne faisait guerroyer que sur les limites de ses terres.

CASTRO. — Aussi, quinze coups d'épée en dix ans n'avançaient pas beaucoup près de lui gloire et fortune de chevalier! tandis que le jouvenceau Dugnez a, sous le Campéador, conquis rapidement sa place parmi nous et conduit à 22 ans l'escadron d'Alarcos!

JUAN. — Messires, parole de Juan! quand on fait les prouesses du Canneret à Talaveyra et à Montalvan, on mérite bien de commander même une compagnie du Cid!

DUGNEZ. — En tout cas, seigneurs, je suis avec vous à bonne école de guerre.

ALVAR. — Ah! certes, pourvu que le cœur ne faille pas, les occasions de bravoure sont ménagées par notre chef. — Capitaine Rodrigue, comptez-vous sur bonne rencontre arabe aujourd'hui?

LE CID. — Je le souhaite autant que vous, chevaliers; mais vraiment je ne le sais.

GOMEZ. — Où allons-nous donc? Jamais nous ne marchâmes à tel hasard.

DIAZ. — Où allons-nous? c'est le secret de celui qui nous conduit et n'en a point souci qui connaît son chef et se tient prêt à tout.

CASTRO. — A la bonne heure, Diaz! et nous ne savions pas davantage ce que le Cid nous préparait à Aranjuez, quand il nous livra les dix mille Africains de Midar-Behrat.

GUZMAN. — Mais nous étions plus nombreux, alors.

SALVADOREZ. — Et la rencontre d'Oli-
vença vit-elle plier les trois cents Ara-
gonais? Vous en étiez, capitaine?

JUAN. — Les Biscayens étaient aussi
au défilé de Hénarès et souhaitent pareille
entrevue d'ennemis.

GOMEZ. — Mais toi, Dugnez, tu me pa-
rais aujourd'hui peu en gaieté.

DUGNEZ. — Je ne suis pas le seul triste,
messire. — (A demi-voix :) Avez-vous
observé le Cid?

LE CID (pour détourner l'attention). —
Qu'est-ce, jouvenceau?

ALVAR. — Qu'a-t-il dit? A-t-il vu des
mécréants?... Salvadorez, penche un peu
la lumière, elle arrête les regards devant
nous.

SALVADOREZ. — Je vais l'élever au
contraire, seigneur, afin qu'elle soit vue
de plus loin.

LE CID. — Bien dit, fils des Bivar!
Songe toujours à ta race et à notre nom.

DIAZ (un moment après). — Frontières

de Castille, messires!... Où allons-nous entrer? dans Aragon ou Tolède?

LE CID (*tout bas*). — O patrie! adieu!... mais je vais toujours te servir.

JUAN (*répondant au doute de Diaz*). — C'est au Cid à parler.

DUGNEZ (*à demi-voix à Guzman*). — Je disais que Rodrigue me paraissait chagrin... Observez son visage... Il y a là un secret mystérieux.

ALVAR (*observant l'horizon*). — Par saint Jacques! Les mécréants!...

LE CID (*s'animant soudain*). — Les mécréants?... Alvar, où les aperçois-tu?

ALVAR. — Là, devant nous, aux premiers vallons de Moréna... Cette poussière.....

LE CID. — Capitaines et soldats, halte sur vos rangs!... Dugnez, vole en plaine et va reconnaitre cette troupe.

(*Dugnez part.*)

LE CID, *à ses compagnons* : — Lances en arrêt et fermes sur vos arçons!

GOMEZ. — Entendez quel galop bruyant le long de la sierra !

ARRIAS. — C'est bien le pas des coursiers arabes !

LE CID. — Ah ! que je le souhaite, messires ! et je jure de ne vous ramener en Castille qu'après plusieurs mois de ravages sur les terres des infidèles ! Promettez-vous de me suivre à mon gré ?

TOUS. — Partout.

DIAZ (*observant*). — Mais qu'est devenu le lutin Dugnez?... Il est perdu dans la plaine.

ALVAR. — Oh ! je le suis des yeux et le voilà qui débouche hors du fourré d'Alaos.....

JUAN. — Il s'arrête brusquement.....

SALVADOREZ. — Et tourne bride avec plus grande rapidité que jamais...

LE CID. — Salvadorez, lève encore plus haut la bannière, afin qu'il l'aperçoive et l'ennemi aussi.

GOMEZ. — On dirait qu'on entend son cri d'alarme.....

LE CID. — Signale-t-il les mécréants, ou la garnison de quelque château chrétien ?...

ALVAR. — Laissons-le avancer encore...

ARRIAS. — Je crois distinguer...

LE CID. — Il pourra peut-être m'entendre d'ici : — « Eh bien ! Jouvenceau, qu'est-ce ? »

DUGNEZ. — Les Maures !

TOUS. — Les Maures !... Vive Dieu !

DUGNEZ (*se rapprochant*). — Leurs chevaux, leurs armes, leurs étendards...

LE CID. — Capitaines, à vos postes et en ordre d'attaque !... Amis, lance en avant et visière baissée !..... Suivez Tizzona !... Castille !

TOUS. — Castille !... — Le Cid !

IV

Piquant des deux et prenant le galop, la troupe roule comme un ouragan vers les bataillons ennemis qui, de leur côté, se mettent en défense, s'apprêtent à recevoir avec vigueur ces assaillants au cri répété d'Allah !

Dès le premier choc, un certain nombre de cavaliers furent démontés de part et d'autre et la lutte les confondit dans sa mêlée. Les Espagnols comprirent qu'ils avaient à faire à rude partie.

Indépendamment de sa supériorité numérique, le détachement maure, composé de quatre à cinq mille hommes, était formé de l'élite des troupes de Tolède, que l'émir Mahadi-ben-Odhra envoyait reconnaître les frontières de Castille. Il voulait essayer d'y trouver un point de défense, afin d'y jeter les forces musulmanes réunies dans sa ville par ordre du calife El-Malek.

Le capitaine Dehr-Selheim les commandait et marchait au premier rang.

La lutte entre les deux ennemis recommença, se poursuivit et devint de plus en plus vive. Brisées en éclat, les lances furent rejetées et on s'attaqua avec le glaive ou la masse d'armes.

Alors l'action devint compacte et furieuse : chaque soldat se battait et tombait en héros.

Les deux capitaines opposés, Rodrigue et Péleim, se montrent sur les points les plus pressés, l'Arabe brandissant son large cimeterre, le héros castillan faisant voler partout sa redoutable Tizzona, qui enlève casques et têtes et pourfend les armures. Les siens, soutenus par son exemple, redoublent leurs coups, et terrible est le bruit de ces masses de fer, retentissant les unes contre les autres, s'écroulant sur leurs montures sanglantes.

La lutte dure depuis une heure et la victoire reste indécise.

Irrité, le Cid vocifère tout-à-coup : — Amis compagnons, suivez Rodrigue et son glaive ! »

Et, plongeant au sein des bataillons ennemis, il ouvre un large passage à ses hommes d'armes.

De tous côtés l'Arabe recule et se disperse, au bruit de son nom et devant la terreur de ses coups. Vainement le chef des infidèles essaye de les contenir, de les ramener au combat, ses efforts sont impuissants et la voix du Cid qui retentit par intervalles redouble la panique. On fuit dans toutes les directions.

Le héros poursuit sa victoire, et ceux qui échappent à son bras vont porter au loin la terrifiante nouvelle de son retour ; l'épouvante se propage de proche en proche dans les provinces maures, tout s'arme pour résister au redoutable chrétien.

Pour lui, comptant ses camarades et voyant leur nombre réduit, insuffisant d'ailleurs à soutenir ou à entreprendre de grandes luttes, il envoie ses hérauts dans tous les manoirs espagnols, appelant auprès de son épée quiconque veut périr pour le Christ et la patrie.

V

Il peut ramasser dix mille combattants, auxquels il annonce guerre sans merci et sans trève sur les terres païennes.

Et de ville en ville, de province en province, jetant partout la terreur de son nom, durant trois mois d'habiles manœuvres il proméne le ravage d'Estramadure à Murcie, par Alcala, Badajoz, Albacète, Olivarès et Téruel.

Par surprises et par combats, par coups de force et de main, il ruine successivement les positions, que les Maures

avaient prises sur les frontières de sa
patrie et les accule peu à peu dans leurs
places fortes de Cordoue, de Grenade, de
Tolède, de Valence.

Jamais ses exploits n'avaient été plus
rapides, plus désastreux pour l'ennemi,
et aucun capitaine arabe ne voulait se
remettre en campagne contre un tel
adversaire, qui l'égarait, le taillait en
pièces dans les gorges, dans les défilés
des sierras et que ses troupes refusaient
d'affronter ou de poursuivre.

Les musulmans s'enfermèrent donc
dans leurs citadelles, se contentant de
s'y fortifier contre le redoutable rava-
geur; mais le Cid n'avait pas assez de
troupes pour tenter les assauts meur-
triers des remparts. D'ailleurs, un bruit
vague qui se répandait de plus en plus en
Espagne et d'après lequel Rodrigue était
dans la disgrâce de son roi, intimidait
les seigneurs, les barons, les chevaliers;
ils craignaient, en se joignant à lui de

s'attirer à leur tour la colère royale, et les secours ne lui arrivaient pas aussi nombreux.

Dans l'impuissance où il était de ne pouvoir soutenir les grandes attaques des Maures, s'ils se réunissaient contre lui, le héros résolut de frapper un grand coup sur eux et de ménager en même temps un asile à sa valeureuse troupe, afin de l'abriter contre ses revers.

Par une résolution hardie, qui étonna ses plus vaillants capitaines, il mena ses compagnons au siége de Valence.

VI

A l'époque où l'Espagne presqu'entière gémissait sous le joug de l'islamisme, cette place était l'un des puissants boulevards de la domination musulmane dans la Péninsule.

Sa forte position, défendue d'un côté par la mer, de l'autre par les redoutables

travaux élevés sur le Guadalaviar, la
faisait regarder comme un des refuges
les plus sûrs pour une puissance enne-
mie. Ses remparts avaient souvent vu se
briser à leurs pieds des armes jusque-là
victorieuses.

Pourtant le Cid n'hésita pas.

Il accourt comme un ouragan sur la
cité, mais les habitants ont eu le temps
de fermer leurs portes et se préparent à
lui opposer une vive résistance.

Du haut des murs fond sur les Espagnols une grêle de traits, de flèches et
de projectiles de toute sorte.

A cette vue, Rodrigue, étendant son
bouclier vers les bastions et de sa main
droite agitant son glaive :

— « Amis, dit-il, le chemin le plus
court vers ces créneaux est de les esca-
lader ; je vais y attendre qui voudra m'y
suivre ! »

Les échelles sont aussitôt dressées, et
les soldats, conduits par leur intrépide

chef, se hissent vers les remparts ; mais, au milieu des clameurs affolées de la population, une masse écrasante de fer, de poutres, de pierres roule de tous les points à la fois sur les assaillants et les enveloppe dans un tourbillon de décombres.

Les échelles fléchissent, craquent, se brisent, tout va s'abîmer pêle-mêle dans les fossés.

Au sein de ce tumulte, où se confondent les cris de la fureur, de la joie, de la menace, de la victoire, la grande voix du Cid retentit toujours, ranimant les siens, les rappelant à la vengeance.

A sa parole, à son exemple, une deuxième, une troisième fois son armée remonte à l'assaut.

Vains efforts ! elle est toujours repoussée, toujours écrasée, car les Maures luttent avec un sauvage acharnement. Debout sur leurs murailles, ils précipitent sans cesse des torrents de matériaux et de ruines sur l'ennemi.

Au milieu d'eux est leur calife, qui de la voix et du geste anime les siens à la résistance et vole sur toutes les faces de la cité, pour entretenir partout l'animation et la rage.

Soudain il pousse un cri féroce : il vient d'apercevoir le Cid, vainqueur de tous les obstacles, grimpant comme un tigre vers les créneaux.

Eperdu, égaré, il précipite sur lui tout un groupe des gardes qui l'environnent et les culbute ensemble, mutilés, sanglants, au pied des remparts.

Un instant le héros demeura comme étourdi de sa chute, mais tandis que l'ennemi acclamait sa mort, se relevant soudain et rebondissant vers les murailles :

— Espagnols, cria-t-il, le Cid est vivant ! Suivez-le, suivez-le encore !

Il cherchait à rajuster les débris d'une échelle pour s'élancer une cinquième fois à l'assaut, lorsque de tous les points ses

capitaines accourent, annonçant que
tous leurs instruments de siége sont
broyés et lui demandant de nouveaux
ordres.

— Amis, leur répond-il alors dans un
élan sublime, imitez ce que vous allez
voir.

Et, plantant successivement dans le
mur son épée, sa lance, sa pique, il remonte vers le sommet de la place.

Les siens, ivres d'exaltation et craignant pour sa vie, suivent son exemple :
bientôt les quatre faces de la ville offrent
le spectacle inouï d'une armée suspendue
sur ses armes aux flancs d'une forteresse,
pour aller égorger ses ennemis.

La multitude épouvantée lance sur
eux sans but, sans direction, tout ce
qu'elle rencontre pour servir sa fureur,
mais ces nouveaux décombres, versés au
hasard, n'emportent dans leur courant
que les plus rapprochés du faîte et res-
tent assez inoffensifs pour les autres,

qui grimpent toujours abrités par ceux qui les précèdent.

L'indomptable héros a souffert plus qu'aucun de ces efforts désespérés de l'ennemi : la visière et le cimier de son casque sont écrasés sur sa tête, la moitié de son armure est rompue, son visage ruisselle de sang, mais il est resté ferme sur ses mains et ses pieds.

Il n'est qu'à quelques toises des premières saillies du mur d'enceinte ; profitant de la panique qui commence à disperser la population et que son roi essaie en vain de contenir, il s'élance dans un effort suprême et arrive à portée des créneaux.

Mais là sont les troupes maures, débarrassées de l'encombrement de la multitude, et en face de lui, debout, armé d'une épouvantable massue, se dresse le fameux Keykabir-Ezzedin, guerrier d'une taille et d'une force gigantesques.

Son regard étincelant dévore Rodri-

gue, il a promis de le broyer sous son
bras dans une bataille ou dans un siége,
et, quand il le voit à portée de son arme,
il en décharge un formidable coup sur sa
téte ; mais l'agile castillan s'est baissé,
et, tandis que l'arabe est encore penché
sous son effort, lui, élevant son glaive, le
transperce en pleine poitrine.

Puis, sautant lestement sur le comble,
il y montre sa Tizzona victorieuse et
s'écrie :

— Pour mon Dieu et mon roi, le Cid à
Valence !

Aussitôt les bataillons ennemis diri-
gent sur lui leurs piques, mais le héros,
agitant son épée autour de sa tête et de
ses flancs, contient si bien les infidèles
par son audace, son nom, la terreur de
son bras et le feu de ses regards, que pas
un n'approche assez près pour le frapper,
et pendant ce temps ses capitaines, ses
soldats débordent dans la citadelle sur
tous les points. Ils viennent au cri de

Rodrigue et de Castille se serrer autour de lui.

Alors, à l'appel d'Amri-Hassau leur chef, les troupes musulmanes se précipitent vers le palais du calife, pour y concentrer leur résistance et y défendre leur souverain.

VII

Le triomphe n'était donc pas complet : Valence ne s'était pas rendue encore, il fallait forcer sa soumission, en la frappant au cœur.

Le Cid ordonne à ses bataillons de le suivre et ils s'avancent, piques en main, dans l'intérieur de la cité, égorgeant, refoulant devant eux la masse des fuyards, qui se presse en tous sens.

La population affolée se précipite dans un tumulte effroyable vers la place de l'Alméda, où se dresse la demeure du calife, réclamant avec imprécations son

secours et celui de ses soldats ; mais le
maître qu'elle invoque n'apparaît nulle
part. Ses troupes, chargées de défendre
son asile, repoussent, égorgent à leur
tour leurs infortunés concitoyens ; cependant le vainqueur avance, approche
toujours !

Soudain il débouche à la tête de ses
héros en face du palais

Une immense vocifération de colère et
de désespoir retentit et il se fait contre
lui un vaste mouvement de résistance.

Elevant Tizzona et s'adressant aux
siens : « La race impie doit ici trouver
son tombeau, s'écrie-t-il ; tournez la
foule, fermez-lui toute issue et avancez
sur mes traces en écrasant tout sous vos
pas. »

A l'instant il est obéi ; ses capitaines
s'ouvrent sur les cadavres qu'ils abattent
un sillon tournant, enserrent la multitude dans l'étreinte de leurs hommes, qui
l'entassent, l'étouffent, la massacrent et

il se fait là dans une mêlée délirante un carnage indescriptible. Les victimes s'amoncellent, se débattent dans les convulsions d'une rage féroce, et le cercle des vainqueurs se retrécit de plus en plus.

Les Espagnols marchent, en refoulant toujours ce qui les arrête ; ils veulent rejoindre la milice arabe qui, resserrée entre le palais et la foule, est impuissante à toute action.

C'est là que les dirige, que les appelle la voix de Rodrigue, provoquant le calife à la lutte ; mais celui dont il défie le courage ne se montre nulle part, et bientôt les vainqueurs se trouvent avec leur chef en face des troupes infidèles.

Le sang les couvre, les aveugle : ils en ont tant versé avant d'arriver jusque-là ! Un combat nouveau s'engage, c'est une lutte corps à corps, mais le Cid force enfin la résistance et déjà il pose son pied triomphant sur le seuil du palais, lorsqu'un cri d'horreur et de malédiction signale au-dessus de sa tête un événement formidable.

De longues colonnes de fumée s'élancent des dômes de l'édifice, des flammes surgissent bientôt de toute part, le palais est en feu !

C'est sans doute le calife qui a allumé cet incendie, pour dérober aux vainqueurs les richesses de sa demeure ! mais où est-il lui-même ?

Rodrigue veut le prendre vivant et bondit au sein de la fournaise ardente.

Les siens, entraînés par Alvar, veulent le défendre de tout péril et s'élancent après lui, lorsque le héros paraît sur une des terrasses à demi ruinées par la flamme, cherchant et appelant toujours son lâche ennemi ; mais bientôt les combles se dérobent sous ses pieds et il monte aux tours les plus hautes, en appelant ses compagnons à sa suite.

Alarmés par ses dangers plus pressants, ceux-ci, après avoir rompu sur tous les points la ligne arabe, pénètrent à leur tour dans l'horrible brasier.

Tout s'y abîmait, s'y consumait avec fracas, et un instant ils s'arrêtent, ne sachant par où ils doivent monter pour rejoindre leur capitaine !

Mais lui, reparaissant furieux à leurs regards : « Amis, leur dit-il, le pavillon d'arrière est à peine atteint par la flamme, volez-là, cherchez le criminel, trouvez-le ou ensevelissez-le sous son repaire, en le renversant sur lui à coups de piques. — Vous, Castro, Pérez, Guzman, descendez vers les vaincus, ils se reforment sur la place, chassez-les dans la plaine et ne revenez qu'après leur déroute complète. — Alvar, je te rejoins. »

Et, bondissant de faîte en faîte, au milieu de l'écroulement des lambris et des voûtes, il arrive couvert de brûlures, de sang et de noire poussière au milieu des démolisseurs, que sa voix a dirigés.

Tandis qu'une partie de ses troupes refoule hors de la cité les restes de la garnison de Valence, lui avec les autres bouleverse la royale demeure, aide les fureurs de l'incendie, abat, détruit les salles, les colonnes, les portes et sous leur main acharnée tout s'écroule, se plonge dans le gouffre de feu.

Sur ces ruines embrasées, maudissant le traître que sa main n'a pu saisir, mais qu'il suppose écrasé sous tant de ruines, Rodrigue écrit avec un tison sur un fragment de cuirasse la nouvelle et l'hommage de sa victoire, qu'il va charger Salvadorez de porter à la cour de Burgos.

Ses capitaines l'entourent, proclamant le triomphe définitif:

Plus d'ennemis! s'écrient-ils, la Croix a vaincu le Croissant!

ARRIAS. — Valence n'est plus sous le joug infidèle! Valence est à Alphonse notre roi! Valence est au Christ!

Juan. — Honneur en revienne à notre Cid! Gloire au fléau des Maures!

Le Cid. — Honneur surtout à votre vaillance, compagnons! Votre cœur ne fut jamais plus intrépide, ni votre bras plus assuré! Que le roi, notre digne seigneur, apprenne au plus tôt sa nouvelle conquête et les prodiges de votre bravoure! — Salvadorez, cours en Castille, va présenter à notre souverain l'hommage de notre victoire.

Salvadorez. — Ah! vive Dieu! cher sire, et grâces vous soient rendues pour l'honneur que vous me confiez!

Gomez. — Rodrigue, permettez aussi que Gomez... Ce jouvenceau, déjà blessé, va rencontrer de nouveaux périls!

Le Cid. — Toutes les routes sont libres, il n'est plus d'ennemis qui puissent l'arrêter. — Va, Salvadorez, pars et tu diras au seigneur Alphonse, en produisant ce témoignage de notre conquête: — « Voilà, sire, l'hommage que Rodrigue

de Bivar, votre ami le Cid, vous présente
par mes mains. Les mécréants n'habitent plus que Séville, Cordoue et Grenade,
et par St-Jacques! dans deux ans d'ici
ils n'occuperont plus rien en Espagne, si
Dieu prête vie à votre capitaine! »

Va, monte ton cheval et prends avec
toi une escorte de cinquante cavaliers.

Salvadorez. — Je pars à l'instant.

Le Cid. — Et vous, seigneurs chefs,
allez préparer le repos de la nuit pour
nos soldats dans les demeures vides des
Musulmans.

VIII

A la chute du jour toutes les troupes
espagnoles rentrèrent dans la ville conquise, épuisées, harassées par cette lon-
gue et formidable lutte ; mais les deux
tiers des soldats manquaient aux joies de
la victoire. Ils gisaient baignés dans leur
sang, au pied des remparts, sur la grande

place, dans la plaine, mêlés aux musulmans que leurs bras avaient égorgés.

Rodrigue voulut d'abord débarrasser la place et ses fossés de l'encombrement des cadavres, il les fit jeter dans les eaux du Guadalaviar; puis il assigna à chacun de ses capitaines son poste de défense, en leur ordonnant de se tenir prêts à repousser tout retour offensif de l'ennemi, toute attaque imprévue des habitants.

Quand les ténèbres pesèrent sur la cité, tout bruit s'éteignit dans le repos.

Mais le Cid veillait encore, observant, inspectant les divers quartiers et prêt à la moindre alerte, quoiqu'il ignorât que sous ses pieds vivait le traître qui allait enfin surgir, et dont la rencontre imprévue pouvait lui être fatale.

Après avoir mis le feu à son palais, le calife s'était réfugié dans les retraites souterraines de l'édifice. Là il attendait le moment favorable pour sauver ses jours et reconquérir son empire.

Il ecoute, observe, avance avec précaution. (P. 49.)

De son réduit obscur il avait entendu l'écroulement de sa demeure, les vociférations de son peuple contre sa lâcheté et il voulait reparaître à ses yeux comme le vengeur soudain de sa cause.

C'est pourquoi, lorsque le silence régna au-dessus de sa tête, il sortit par une issue dérobée et, semblable à une ombre fugitive, se glissa le long des premières rues, cherchant partout son rival, afin de plonger dans son cœur le fer dont il s'était armé.

Mais tout-à-coup il s'arrête, car il est arrivé près d'un des postes établis par les vainqueurs.

Il écoute, observe, avance avec précaution et, voyant la sentinelle engourdie dans une lourde torpeur, il rampe jusqu'à elle et l'égorge sans bruit.

. Il poursuit sa ronde mystérieuse ; bientôt, au détour d'une rue, il se trouve en face de trois capitaines ennemis, qui faisaient l'inspection de leurs postes.

— Halte au passant ! crient soudain
les Espagnols ; es-tu Musulman ou chrétien ?

Il n'y eut pas de réponse et l'inconnu
cherchait à se dérober. On se jette sur
lui ; il lâche le manteau qui l'enveloppe
et disparaît dans les ténèbres.

Les chefs perdent sa trace, mais ils
s'arrêtent près de la garde la plus voisine
pour y reconnaître la dépouille qui leur
a été abandonnée et tout-à-coup un même
cri de surprise et de fureur s'échappe de
leur bouche :

— Le Calife ! le Calife vivant ! aux
armes !

Ils viennent de découvrir sur le revers
de l'habit les insignes et les chiffres du
souverain de Valence.

De proche en proche les divers quartiers s'agitent, le cri d'alarme se répète
sur tous les points et un homme vole
partout en demandant :

— Le Calife ?... Qui l'a vu et où est-il ?

C'est Rodrigue, le glaive à la main, qui cherche où doit se porter son courroux ; mais soudain une ombre glisse rapide à ses côtés, lui lance un poignard au flanc et rentre dans l'obscurité, en murmurant ces mots :

— Voilà ton ennemi et ton vainqueur !

Le héros est blessé, mais il sent à peine son mal, et, bondissant après son agresseur, bientôt on l'entend pousser cette exclamation.

— Pris le mécréant ! Mort au lâche assassin !

Et son bras traîne pour égorger le perfide sicaire, lorsque celui-ci, se roulant à ses pieds et écartant de sa tête le coup mortel :

— Grâce de la vie, messire ! murmure-t-il ; je vous révèlerai où sont mes trésors.

— Meurs ! répond le Cid, jugeant bien qu'il n'y avait là qu'une supercherie nouvelle ; mais de toutes parts arrivent

ses compagnons haletants, anxieux,
cherchant leur chef et son ennemi.

A leur vue, pour enflammer leur cupidité et les intéresser à son salut, l'infidèle
s'écrie :

— Du moins, soldats, emportez les richesses que vous avez conquises ici ; je
sais l'endroit où elles sont entassées, demain je les mettrai en votre possession,
car tout est tellement bouleversé autour
de moi, qu'au milieu de ces ténèbres je ne
saurais me reconnaître.

Cette ruse produit son effet : les soldats conjurent Rodrigue de ne pas les
priver de la récompense qu'ont méritées
leurs peines et leurs fatigues

En faveur de ses braves guerriers,
depuis longtemps dépourvus de tout et
qui d'ailleurs se chargent du sort du
captif, le héros consent à différer son
supplice, le laisse entre leurs mains et
disparaît.

Ceux-ci enchaînent leur victime, la

poussent devant eux au milieu des déri-
sions et des coups, vont la lier à une des
colonnes abattues de son palais et, tandis
que les divers groupes rentrent dans
leurs quartiers, un d'entr'eux sous les
armes veille, par ordre d'Alvar, autour
du prisonnier.

IX

Le lendemain, au lever du jour, les
soldats traînent le calife sur les ruines
de sa demeure, réclamant sa vie ou ses
trésors. Le Cid se dirige vers les remparts, afin de reconnaître leur état et
aviser à pouvoir soutenir les représailles
des vaincus, s'ils ramenaient vers la
place conquise leurs coréligionnaires
de Tolède ou de Grenade.

Cependant le perfide souverain, qui
ne cherchait qu'à sauver ses jours par
des délais, s'adresse ainsi à la troupe
frémissante qui l'environne :

« Espagnols, je vous ai promis mes
» richesses, mais vous les avez vous-
» mêmes enfouies sous les décombres et
» il faut les déterrer. Déblayez donc ces
» ruines, je vous montrerai ensuite la
» retraite qui les cache. »

A ces mots, des cris s'élèvent de toute
part :

— Mort à l'infâme ! au traître ! il n'a
point de trésors, qu'il périsse à l'instant !

Pourtant on hésite, la cupidité l'em-
porte, on se met activement à l'œuvre.

Mais que d'obstacles à écarter ! Amas
effrayant de toute sorte de matériaux,
énormes blocs de pierre et de marbre,
cendres brûlantes, brasiers encore en
feu, éboulements sans cesse réitérés !

Les efforts de plusieurs heures de ce
jour demeurent inutiles : les ruines suc-
cèdent aux ruines.

Que de fois les mains des guerriers se
portent sur leurs glaives, pour assouvir
enfin leur vengeance et leur rage ! Le

Calife voit fuir de plus en plus pour lui
tout espoir de salut, lorsqu'un événement
soudain vient tout à coup le ranimer.

X

Le troisième jour, du haut des remparts, on aperçoit dans la plaine comme
un escadron de cavaliers, qui courent
sur Valence au milieu d'un nuage de
poussière.

— Est-ce là ami ou ennemi? dit le Cid
debout sur les bastions; Alvar, va reconnaître cette troupe et rentre précipitamment, si c'est la vengeance maure qui
arrive.

Tout à coup l'étendard du prophète est
hissé dans les airs.

— Ce sont les mécréants! s'écrie le
héros, et sans doute ils sont suivis d'une
armée qui vient nous investir. Amis,
volons à eux, massacrons-les avant l'arrivée de toutes leurs forces et nous nous

retrancherons ensuite dans la place.

Soudain les trompettes espagnoles retentissent : soldats et capitaines prennent les armes, montent leurs coursiers et, à la suite de Rodrigue, s'élancent dans la plaine, la visière baissée.

Mais à peine ont-ils affronté l'ennemi, que les infidèles mettent pied à terre et s'inclinant devant le redoutable vainqueur :

— Salut au grand Séïd, dont l'épée renferme la foudre de Dieu ! disent-ils dans leur pompeux langage.

Le Cid, les regardant avec une dignité sévère :

— Qui êtes-vous, mécréants? leur répond-il. Pourquoi cette apparence de soumission à mes pieds? Avez-vous craint mon bras ou est-ce quelque perfidie de votre part?

YAHHJA-BEN-DHRISI. — Je ne conduis devant toi, grand seigneur, ni ennemis ni perfides, tu ne vois que des envoyés pacifiques.

Le Cid. — Quels sont ces guerriers qui t'accompagnent? Que demandez-vous? D'où venez-vous?

Yahhja. — Nous venons en ambassade auprès de toi. Yahhja-ben-Dhrisi t'offre la paix au nom d'Abdelmalek-el-Abdallah, son souverain, caiife de Cordoue.

Ala-Eddin. — Nasser-ben-Alaziz, émir de Tolède, fait déposer par moi, Ala-Eddin, son hommage à tes pieds.

— Hadrami-el-Zengui. — Le vicaire de Mahomet, qui règne sur Grenade, sollicite ton amitié par moi Hadrami-el-Zengui, son député de ce jour.

Le Cid. — L'Espagne refuse tout accord avec eux ; elle a pris Valence, que vos maîtres connaissent par là le sort réservé à leurs places d'armes.

Yahhja. — La nouvelle de tes victoires nous est parvenue de tous les points à la fois ; tes triomphes anciens

4

et récents ne suffisent-ils pas à ton courage ?

LE CID. — Cordoue, Tolède, Grenade subsistent encore, et sont une menace perpétuelle pour la Castille.

ALA-EDDIN. — Oserions-nous menacer un peuple défendu par un tel bras ?

HADRAMI. — Nous ne songeons plus à des guerres qui portent un tel ravage dans nos Etats.

LE CID. — Or, j'ai juré de les dévaster jusqu'à Cadix, jusqu'à ce que tous les Musulmans aient été chassés du sol de l'Espagne.

SES COMPAGNONS. — Et nous le jurons tous !

YAHHJA. — Prends garde que ta patrie ne s'y épuise à son tour... Séïd, crois-moi, notre alliance.....

LE CID. — Une alliance entre Rodrigue de Bivar et les infidèles ?... Quel sacrilége !

HADRAMI. — Songe que tu es le premier

et le seul auquel les vicaires d'Allah aient daigné offrir leur hommage !

ALA-EDDIN. — Et que si tu préfères les attaquer.....

LES ESPAGNOLS. — Oui, la guerre, toujours la guerre contre eux !

HADRAMI. — Pourquoi dès-lors avoir épargné les habitants de Valence ?

LE CID. — Les païens seuls versent le sang après la victoire ; car que faites-vous de nos malheureux chrétiens ?

YAHHJA. — Accepte l'échange de nos captifs, ou du moins une rançon pour les nôtres.

ALVAR (*tout à coup*). —Capitaines, en garde !... Quels sont ces nouveaux-venus qui accourent vers nous de toute la vitesse de leurs coursiers ?

LE CID. — Va les reconnaître, Alvar, et donne l'alarme, s'il y a péril..... (*Aux musulmans.*) Serait-ce enfin le piége que nous aurait tendu votre fourberie ?

ALA-EDDIN. — Nous te jurons, scigneur, que nous ne sommes venus que t'offrir notre paix et t'apporter ces présents d'honneur... Accepte, au nom de nos souverains, ces riches tissus d'or et de soie.....

YAHHJA. — Ces baudriers d'argent, ces housses, ces fourrures.....

HADRAMI. — Ces superbes coursiers et trente mille talents, que mon maître, le calife de Tolède.....

LE CID. — Nous ne voulons rien tenir de vous que ce que nos bras sauront conquérir. Retournez vers vos chefs et dites-leur : .....

SALVADOREZ (*de loin*). — Castille ! le Cid !

LE CID. — Salvadorez et son escorte?... (*aux infidèles*). Tenez, voici qui vous porte les volontés du roi.

YAHHJA. — Nous prétendons traiter avec toi seul, non pas avec un lâche qu'on n'a jamais vu hors de son palais de Burgos.

LE CID. — Païen, retire un tel propos sur l'honneur dû à mon maître, ou tu vas tomber mort !

YAHHJA. — Seigneur, pour te complaire !... mais alors accorde-nous aussi le salut de l'infortuné roi de Valence, s'il est encore vivant.

PÉREZ. — L'infâme ! il ne sortira pas de nos mains.

LE CID. — Pérez, rentrez dans la ville et amenez-le sain et sauf devant moi.

PÉREZ. — Quoi ! seigneur, vous songeriez.....

LE CID. — Amenez-le, vous dis-je.

PÉREZ. — Nos soldats, qu'il abuse encore par une ruse perfide, ne me le livreront pas ou le mettront en pièces sous mes yeux.

LE CID. — Allez et dites à mes compagnons : Ordre de Rodrigue, que le captif lui soit renvoyé ! — Je vous attends. (*Pérez se retire.*)

LE CID AUX MAURES. — Oui, Zared-

Abhemir vous suivra, pour aller par
avance raconter à vos souverains ce que
deviendront leurs cités et leurs palais,
quand j'y entrerai avec mes braves. Nous
les poursuivrons de place en place jusqu'à Xérès, et c'est là que j'amènerai
mon roi pour recevoir leur commune
soumission.

HADRAMI. — Seigneur, je crains que
ces projets.....

LE CID. — Ils seront accomplis, je le
jure, s'il plaît à Dieu de me laisser encore
pour deux ans ma tête et mon bras.....
Salvadorez! Salvadorez! oh! vous me
portez d'heureuses nouvelles d'Alphonse
notre souverain? Quels sont ses ordres
pour Rodrigue?

SALVADOREZ (*à part, en frémissant.*) —
Oui, toute l'armée doit apprendre ce
qu'elle ignore depuis trois mois, ce
qu'elle n'a pu encore venger et qu'elle
doit aller châtier sur l'heure. — (*Haut,*)
Seigneurs, j'arrive en toute hâte de

Burgos et porte en effet les volontés royales. Je dois les déclarer sans retard devant tous les Espagnols. — (*Au Cid.*) Qu'il vous plaise de les rassembler !

Le Cid. — Alvar, faites sonner les trompettes et que les ordres du roi soient entendus..... (*Alvar se retire, et, peu après, on sonne le rassemblement sur les remparts.*)

Salvadorez. — Il faut qu'à l'instant tous s'apprêtent à revenir en Castille.

Le Cid. — Quel péril la menace donc? — (*Aux maures*) : Ah ! race de païens, vous m'abusiez ici, tandis que les vôtres attaquaient secrètement mon pays et mon souverain? Par vous va commencer ma vengeance..... Salvadorez, parle, dois-je à l'instant.....?

Yahhja. — Seigneur, encore une fois nous vous jurons.....

Le Cid. — N'ajoutez plus un mot, ou je vous immole.

Salvadorez. — Voilà nos compagnons

réunis en foule sur les remparts..... Reculons jusqu'à eux, messire, et qu'ils m'écoutent en silence.

LE CID (*en approchant des murailles.*)— Capitaines et soldats de Rodrigue, voici des ordres de Burgos, soyez prêts à marcher à l'appel de votre roi.

SALVADOREZ. — Entendez donc, amis et compagnons du Cid, la réponse que renvoie votre prince à votre chef et à vos victoires : — « Sache le petit comte de Bivar qu'il reste toujours odieux à son souverain ! »

TOUS LES ESPAGNOLS. — Odieux ?

SALVADOREZ (*continuant*). — « Et que son exil est irrévocable ! »

LE CID (*terrassé*). — Grand Dieu ! toujours ?..... (*triste et abattu.*) Salvadorez, était-ce là ?.....

TOUS LES ESPAGNOLS. — Le Cid en exil ?..... Malheur à qui....

SALVADOREZ. — Ecoutez encore, braves guerriers, écoutez ce qui vous concerne à votre tour : — « Alphonse désapprouve, refuse vos conquêtes ! »

LE CID. — Je suis maudit !..... Grâce ! Salvadorez, assez ! je pleure !

SALVADOREZ. — Assez ? non ; c'est toujours la parole du roi : — « J'ordonne à l'armée du châtelain de Bivar de l'abandonner, de se disperser à l'instant, si elle ne veut encourir ma disgrâce et ma vengeance ! »

LES ESPAGNOLS. — Quitter le Cid ? Jamais ! Toujours à Rodrigue !

ALVAR (*accourant de l'intérieur de la ville.*) — Ah ! seigneur, vous abandonner ? Alvar n'obéira point pour sa part à de pareils ordres et il défie qui que ce soit de l'arracher d'auprès de son chef !

LES CAPITAINES PRÉSENTS. — Et nous aussi nous jurons de rester à ses côtés !

TOUS (*du haut des murs.*) — Et de mourir avec lui, de mourir pour lui !

LE CID. — Amis et soldats, votre conduite m'afflige plus que mes malheurs :

obéissez à votre roi, je le veux et l'ordonne à mon tour. Eloignez-vous, quit-
tez cette ville, laissez-y mon infortune
solitaire, je vous reverrai en des jours
plus heureux..... — (*Aux musulmans.*) Je
serai seul dans Valence, messires, mais
dites à vos maîtres qu'enfermé dans cette
place, s'ils veulent la reprendre, je la
défendrai jusqu'à la dernière goutte de
mon sang pour ma patrie et pour mon
Dieu !

LES ESPAGNOLS. — Nous la défendrons
tous ensemble avec notre chef.

PÉREZ (*arrivant.*) — Seigneur, comme
vous l'avez voulu, j'amène auprès de
vous l'infâme captif, le traître, votre
propre assassin !... J'ai pu tromper les
soldats convoqués par les trompettes sur
les remparts et le soustraire rapidement
à leur fureur, mais s'ils l'aperçoivent du
haut des murs.....

LES SOLDATS ESPAGNOLS. — Le Calife !
Le Calife ! mort au lâche, à l'homicide !...

PÉREZ. — Vous entendez? Tout est découvert... Laissez mon bras accomplir sous leurs yeux son acte de justice sur le criminel.....

ALA-EDDIN. — Séïd, souviens-toi de ta parole en sa faveur, elle est engagée.....

LES ESPAGNOLS. — Mort à l'infâme! au perfide! au traître!

LE CID. — Soldats, le roi seul pourrait disposer de cette vie, car à cette heure je n'ai plus de pouvoir... Laissez donc partir ce malheureux!

ALVAR. — Partir sain et sauf?

LE CID. — Alvar!

ALA-EDDIN. — Chevalier, vous le paierez de votre tête!

ALVAR. — Ma tête? ta main ne la touchera pas, du moins, je le jure... (*dégainant.*) Je devrais même sur toi à l'instant.....

LE CID. — Alvar, tu déshonores Rodrigue et sa loyauté!

ALVAR (*transperçant le Calife.*) Non, je le venge !

LES ESPAGNOLS. — Vivat au capitaine Alvar !

LE CID. — Le malheureux ! il l'a tué !

ALVAR. — Oui, ô mon maître ! je l'ai tué ! et je promets d'égorger ainsi tous tes ennemis !

LES ESPAGNOLS. — Et nous le jurons ensemble !

LE CID. — Moi je vous le défends, je vous renie pour mes compagnons..... Alvar, quand je ne devrais pas quitter mon armée, je vous chasserais à l'instant de son sein.....

ALVAR (*à genoux.*) — Oh ! seigneur, tout, excepté une telle disgrâce !

HADRAMI. — Séïd, nous réclamons ce capitaine, pour venir répondre de son crime aux Califes nos souverains ! Qu'il nous soit livré sur l'heure !

LE CID. — Est-ce à Rodrigue le Campéador que vous osez parler ainsi, mécréants?..... Ah ! si je n'ai plus droit de guerre, il me reste toujours celui de l'amitié, et Alvar fut mon ami !

ALVAR. — Dites, messire, qu'il n'a pas cessé de l'être.

LE CID. — Malheur à qui le toucherait! Il tomberait foudroyé par mon bras.

YAHHJA. — Cid, je m'étonne, mais je t'admire !

LE CID. — Partez, je crains que mes soldats ne finissent par demander votre mort elle-même... et redites à vos maîtres que, malgré ses infortunes, le Cid est encore vivant ! —(*A ses capitaines :*) Vous, mes amis, préparez-vous à partir avec vos troupes et allez au nom de votre roi.....

LES ESPAGNOLS. — Sans vous ? jamais !

LE CID. — Alphonse a parlé.

LES ESPAGNOLS. — Il ne sera point obéi.

LE CID. — Eh bien, du moins il doit l'être et il le sera par moi : je me retire dans la citadelle et condamne, réprouve votre rébellion.

Salvadorez. — Alors j'achève de tout dévoiler, seigneur, même pour le plus grand chagrin de votre âme : Chimène... vos deux enfants.....

Le Cid. — Grand Dieu ! ces noms, ces noms si chers.... O quelle calamité !... Salvadorez, sauraient-elles mon exil, mes malheurs ?...

Salvadorez. — Le bruit public leur avait appris votre disgrâce. Eperdues, éplorées, elles avaient couru à Burgos et prosternées aux pieds de l'injuste monarque, elles répandaient devant lui leur désespoir et leurs larmes, lorsque j'arrivai porteur de votre message de victoire. Il n'a pas daigné le lire et, sous mes yeux, les enveloppant elles-mêmes dans votre disgrâce.....

Le Cid. — Enfant, n'achève pas, n'achève pas, je t'en conjure, je prévois tout.

Salvadorez. — Vous ne voulez pas connaître leur sort ?

LE CID. — Elles sont exilées à leur tour?... à Bivar ?

SALVADOREZ. — Elles ont été retenues captives dans le donjon royal de Burgos... On les y a traînées en ma présence.

LES ESPAGNOLS. — Ciel !

LE CID. — Est-ce assez d'épreuves, de calamités sur ma tête ?... d'amertume pour mon cœur ?... O Chimène ! ô enfants! vous aussi malheureuses, plus malheureuses que moi ?... Et c'est Rodrigue qui cause votre infortune !

ALVAR. — Ces malheurs vont finir. — Capitaines, aux armes !

LES ESPAGNOLS. — Aux armes !

LE CID. — Qu'entends-je?... Que vous proposez-vous?... Où allez-vous, mes amis ?

ALVAR. — Droit à Burgos. — Soldats, en rang de marche ! La troupe de Pérez seule restera dans la place.

LE CID. — Grand Dieu ! vous voulez?...

ALVAR. — Aller punir et renverser ce roi.

LE CID. — Alphonse?... Malheureux! votre souverain?

ALVAR. — Il ne l'est plus, nous n'en connaissons qu'un, le Cid! le Cid roi de Valence!

LES ESPAGNOLS. — Oui, le Cid est notre roi.

LE CID. — Arrêtez, criminels!... La révolte dans mon armée?... La guerre civile dans ma patrie, suscitée par les miens et à cause de moi?... Ah! songez à mon nom, à mon honneur, à ma gloire!

LES ESPAGNOLS. — Nous devons les venger.

LE CID. — Et vous allez les flétrir! Oh! jamais! quelles que soient mes douleurs, non, jamais! jamais!

SALVADOREZ. — Vous oubliez donc Chimène dans les fers?

LE CID. —Salvadorez, de grâce! ce souvenir, ne le présente pas à mon cœur...

Chimène! Chimène! hélas!... Eh bien, elle saura souffrir comme moi.

ALVAR. — Et la Castille sous le joug d'un cruel despote?

LE CID. — Est-ce à vous de le juger et de le punir?... Le punir! que dis-je! Alphonse est abusé, mais fût-il coupable, il ne cesse pas d'être mon souverain et le vôtre, et nous lui devons tous respect, soumission, défense.

LES ESPAGNOLS. — Non, non, à Burgos!... Vive le Cid, notre roi!

LE CID. — Vous espérez m'entraîner dans votre crime?... Eh bien, ce glaive, qui s'est plongé tant de fois dans le sang ennemi, vous voulez que je le lève contre vous? car vous êtes les plus odieux oppresseurs de l'Espagne, et, avant d'arriver jusqu'à notre roi, vous aurez terrasssé, immolé le Cid lui-même!... — Acceptez-vous cette lutte?

ALVAR. — Se brisent nos dagues ou se

retournent-elles contre nos cœurs, si jamais nos mains parricides.....

LE CID. — Et vous voulez les plonger dans le sein de votre maître ?

LES ESPAGNOLS. — Nous le renions pour toujours.

LE CID. — Et moi, je lui jure une fidélité inviolable. — Soldats, je me retire pour ne pas paraître plus longtemps complice de vos méfaits. Restez seuls dans Valence, je n'y habiterai pas avec vous ; je vais errer dans les montagnes, surveillant de toutes les hauteurs les projets des Arabes, et prêt a vous jeter le cri d'alarme, si la patrie et notre roi étaient menacés quelque part.

ALVAR. — Nous serons avec vous. — Capitaines, ne nous séparons pas de Rodrigue, notre chef!

TOUS LES ESPAGNOLS. — Oui, suivons le Cid partout où il ira !

LE CID. — Non, je ne veux point vous voir partager mes malheurs, j'en souffrirais doublement ; d'ailleurs il faut que vous gardiez ici notre conquête.

ALVAR. — Dites votre royaume.

LE CID. — Adieu, je suis coupable de vous entendre seulement.

SALVADOREZ. — Ah ! du moins Salvadorez accompagnera votre infortune, ponr la partager, pour la soulager, s'il le peut ; n'est-il pas de votre sang, du nom des Bivar ?

LE CID. — Oui, Salvadorez, suis-moi, afin que l'honneur de notre famille reste pur de félonie, si ces factieux voulaient encore..... Partons !

ALVAR. — Seigneur ! Seigneur ! Ah ! faites-nous grâce de ce titre d'ignominie ! Dites à vos soldats qu'ils vous sont toujours chers, car pour vous ils ont versé leur sang et celui qui leur reste est encore prêt....

LE CID. — Réservez-le pour l'Espagne, au premier signal qui vous sera donné,

car le Cid comptera toujours sur ses
héroïques compagnons!

Ô Babiéça, malheureux ami! porte-
moi dans un autre exil! (*Il monte en selle
et part.*)

Tous les Espagnols le regardent s'éloi-
gner, les larmes aux yeux.

ALVAR. — Il nous quitte, le héros! et il
veut, il ordonne que, sans lui, loin de lui,
enfermés dans ces murs..... Ô douleur!...
Eh bien, capitaines, montrons-lui notre
attachement en ayant le courage de lui
obéir et défendons sa conquête comme
nous défendrions sa personne, jusqu'au
jour qui nous portera de nouveaux ordres de sa part!

XI

Leurs yeux en pleurs suivaient le grand
chef dans le lointain; quand il disparut
derrière les premiers plis de la sierra, ils
l'acclamèrent avec un redoublement

d'enthousiasme et de désespoir, puis ils rentrèrent silencieux et mornes dans la ville.

Les ambassadeurs musulmans, qui avaient suivi à quelque distance toutes ces scènes imprévues, se hâtèrent de regagner leurs Etats pour aller, avec la nouvelle d'un exil si favorable à leurs intérêts, porter parmi leurs correligionnaires l'espérance et l'audace.

Aussitôt dans les trois califats les guerriers reprennent les armes et se préparent à envahir la Castille, que le bras du Cid ne défend plus.

Le héros s'est enfoncé dans les montagnes, aucune plainte n'est sortie de sa bouche; son âme magnanime, oubliant ses propres malheurs, ne songe qu'à ceux qui peuvent menacer sa patrie et il surveille les frontières pour les prévenir.

Les Maures s'avancent : Siurf-el-Amir conduit 300 mille hommes vers Burgos.

Rodrigue, du haut des monts, le voit

approcher : — « Ah ! dit-il, voilà ce que je redoutais le plus !... Et ne pouvoir présenter la pointe de Tizzona aux païens !... O Espagne ! O Alphonse ! »

Mais soudain tressaillant sous une inspiration héroïque : — « Salvadorez ! Salvadorez ! s'écrie-t-il, va, cours à Valence et amène ma troupe fidèle. En l'attendant, je garderai ces passages de ma seule présence et peut-être suffira-t-elle à effrayer un moment l'Arabe ! »

Le jeune fils des Bivar s'élance aussitôt sur son cheval et disparaît.

Pour le Cid, il va sans retard défier le chef ennemi à un combat singulier, qui doit lui faire gagner du temps et contrarier peut-être les projets des Califes ; mais l'émir refuse, n'osant affronter les dangers d'une lutte avec celui dont le nom seul épouvante les plus intrépides, et il poursuit rapidement sa marche, franchit les défilés, arrive en Castille, multipliant partout les ruines et les massacres.

Rodrigue trépigne d'impatience et de rage ; montant à son tour à cheval, il court au-devant des siens, pour hâter leur arrivée.

Loin, bien loin encore, il entend le bruit de leurs pas et de leurs armes.

— « A moi, Castille ! » leur crie-t-il de sa grande voix.

Mille acclamations lui répondent, on se précipite à son appel et ses compagnons, l'environnant de tous les côtés, lui demandent de les conduire à la victoire.

— « Hélas ! répond-il tout ému, le roi ne veut plus de mes services et le ciel maudirait vos armes ! Allez seuls à la bataille, puisqu'il le faut, mais Alvar, prends mon épée, elle sera satisfaite dans ta main, livre-lui beaucoup d'infidèles. »

Il tourne bride, pour cacher ses larmes, et regagne au plus vite les sommets afin de se dérober aux nouvelles obsessions de ses amis.

Eux, transportés d'ardeur, s'engagent sur ses pas dans les gorges des montagnes.

XII

Cependant la terreur précipite de proche en proche les populations chrétiennes vers Burgos. Abandonnant leurs champs ravagés, les malheureux Espagnols viennent de toutes parts réclamer le secours de leur roi et se demandent ce que fait, ce qu'est devenu le héros qui protégeait leur patrie !

Les plaintes, la désolation de cette multitude toujours croissante trouble enfin le monarque : il appelle ses conseillers, les perfides dont la basse jalousie a privé le trône et le royaume de leur défenseur, mais les lâches ont été mettre

déjà derrière les Pyrénées leurs trésors
et leurs vies.

Alphonse est abandonné seul à ses
périls !

Ses yeux s'ouvrent alors, il comprend
tout ce qu'il a perdu en bannissant le Cid
et pleure sur son égarement, ainsi que
sur les malheurs qui vont l'assaillir.

Cependant à la cour, Villamayor, ami
secret de Rodrigue, observait toutes les
occasions de terminer ses infortunes.

Il entend les regrets de son roi : —
« Sire, lui dit-il en tombant à ses genoux,
rendez la sécurité à l'Espagne, en ren-
dant votre faveur au héros exilé. Rap-
pelez-le, déchaînez son glaive et son bras
et une fois de plus votre personne, vos
peuples sont sauvés. »

— « Hélas ! me pardonnera-t-il ? sou-
pira le monarque ; mais s'il voulait encore..... »

— Ah ! sire, il n'attend que ce mot,

j'en suis certain, je le connais... son
cœur magnanime.....

— Eh bien, va, cours du côté de Valence et dis-lui, quelque part que tu le
rencontres, qu'Alphonse et la Castille se
confient à sa générosité ! — Demain je
lui amènerai moi-même les troupes de
Burgos et nous nous trouverons sur le
champ de bataille.

Le jeune homme monte aussitôt à
cheval et bondit à la rencontre de son
illustre ami.

L'Espagne était sauvée.

XIII

La troupe d'Alvar, arrivée sur ces en-
trefaites en face de l'ennemi et fortement
établie sur les hauteurs défendues par le
Douro, gênait les Arabes dans leur marche; mais cette troupe peu nombreuse
ne pouvait longtemps tenir la campagne
et sa situation allait devenir de plus en

plus périlleuse, si les troupes royales n'arrivaient promptement ou pour la renforcer, ou pour la dégager en cas d'investissement.

Villamayor courait à toute bride du côté de Valence, craignant d'arriver trop tard.

En entrant dans les cols de Medina-Cœli, des hennissements répétés répondent au galop de son cheval et il aperçoit attaché à un arbre, Babiéça qui trépignait et rongeait son frein.

S'arrêtant tout-à-coup : — « Rodrigue est ici ! » se dit-il, et, regardant autour de lui sur les hauteurs, il aperçoit debout sur un rocher un homme de haute stature qui, les bras croisés sur la poitrine, paraît absorbé dans des réflexions profondes.

Mettant aussitôt pied à terre, il attache son coursier près de Babiéça et, gravissant les pentes, il va demander à l'inconnu des renseignements sur le héros qu'il cherche.

Mais en s'approchant, il reconnaît le Cid lui-même qui, triste et immobile, pleure de douleur et de rage.

Ne pouvant contenir son émotion, il se jette aussitôt dans ses bras et lui dit :

— Rodrigue immobile, en repos, lorsque sa patrie court un pareil danger?

— Villamayor! reprend le héros en le reconnaissant, ah! mon ami, ne parle pas, tu m'achèves!... L'Arabe va conquérir la Castille, égorger nos concitoyens, détrôner mon roi, et ma main est condamnée à l'impuissance!... Alphonse ne veut pas de mes services!..... Quelle honte! quel désespoir pour mon cœur!

Villamayor. — Malgré tout, Rodrigue, laisserez-vous l'infidèle s'avancer encore impunément?

Le Cid. — Oh! non. Avant que l'émir ait franchi ces montagnes, le Cid ne vivra plus. Je sauverai enfin notre monarque malgré lui-même, ou je périrai avec ceux qui m'ont tant aimé et servi. Regarde, ma troupe est là.... Lorsque les Maures voudront l'investir, je me présenterai pour soutenir les miens et trouver avec eux la victoire ou la mort. Alphonse, si nous triomphons, pourra me punir encore d'avoir sauvé sa couronne et son royaume, mais j'aurai obéi à un devoir plus sacré et je laisse le reste à Dieu.

VILLAMAYOR. — La lutte est-elle imminente?

LE CID. — Je ne sais; dans le camp des infidèles règne une grande agitation. Alvar vient jour et nuit prendre mes ordres pour la disposition de sa petite armée, mais que pouvons-nous faire que de menacer et d'inquiéter l'ennemi, vu notre petit nombre? Moi je reste forcément sur ce rocher, d'où je surveille les deux camps.

VILLAMAYOR. — Et Salvadorez est-il là?

LE CID. — Je viens de l'envoyer auprès d'Alvar, pour lui dire de prendre position sur le pic de Valnetta, afin de se rendre, avec un bataillon de réserve, plus inaccessible aux Musulmans. — Ah ! mon ami, je pleure sur cette poignée de braves, qui périront jusqu'au dernier, mais dont aucun ne cédera ; je pleure sur mon pays, je pleure sur Alphonse, je pleure sur moi, moi témoin enchaîné d'une lutte dans laquelle tant d'intérêts !... Et pourtant, le roi n'aurait qu'un mot à dire et à l'instant ma main.....

VILLAMAYOR. — Eh bien, Cid, réjouis-toi, ce mot je te l'apporte !

LE CID. — Tu dis ?... Ah ! Villamayor, parle !

VILLAMAYOR. — Vous connaissez mon cœur et mon amitié, Rodrigue. Vos ennemis, les jaloux sont perdus, mes supplications ont réussi et j'allais vous chercher à Valence, envoyé par Alphonse.....

LE CID. — Par Alphonse ?..... Ami, achève, de grâce !

VILLAMAYOR. — Oui, je vous porte cet ordre souverain : — « Que Rodrigue se mette à la tête de ses troupes et marche sur les Arabes ; je le rejoins avec mon armée, nous nous trouverons sur le champ de bataille. »

LE CID. — Vive Dieu et Tizzona ! Elle va se plonger à merci dans le sang infidèle. — Villamayor, je cours à mes braves, toi regagne Burgos à toute bride, va dire au roi mes transports et ma reconnaissance et supplie-le de ne pas venir en personne affronter de tels périls. Qu'il m'envoie ses troupes et s'en rapporte à mon bras. J'irai, sitôt vainqueur, déposer à ses pieds mon hommage et mes nouveaux triomphes.

Adieu, Villamayor, je vole à Babiéça et au camp d'Alvar !

XIV

En l'apercevant, ses compagnons poussent des cris de joie et de victoire, et quand ils apprennent de lui qu'il vient à leur tête combattre avec eux, l'ivresse de leur exaltation, de leur enthousiasme est à son comble.

Son nom mille fois répété, acclamé et jeté en défi aux Arabes, les avertit soudain du péril qui les menace.

— « Le lion est donc déchaîné ! s'écrie en frémissant le chef Siurf-el-Amir ; eh bien, il faut le terrasser, avant qu'il ne soit secouru ! » et presqu'aussitôt il commande l'attaque des hauteurs, sur lesquelles sont concentrés les Espagnols.

Rodrigue qui, même dans son inaction forcée, avait organisé la défense de ses troupes, passe d'un rocher à un autre, faisant briller partout son redoutable glaive, qu'Alvar lui avait rendu ; il fortifie tous les points et protège, anime les siens de son bras, de sa parole, de son exemple.

Les Musulmans sont repoussés, refoulés par les piques et les quartiers de roche, que les assiégés font pleuvoir sur eux.

Exaspéré, l'émir de Tolède fait alors environner tous les sommets par ses bataillons, tandis que d'autres continuent à attaquer de face.

Pressés entre ces forces écrasantes, les Chrétiens combattent avec un redoublement de fureur et d'énergie, se défendant à la fois de tous les côtés.

Le Cid est partout; il descend, remonte comme la foudre des gorges aux faîtes.

Epuisé, déchiré par les pieux et les rocs, il n'en soutient pas moins ses héros, en criant sur son passage : — « Amis et compagnons, c'est aujourd'hui le salut de l'Espagne ! »

La lutte est acharnée, mais le nombre

l'emportera bientôt, lorsque l'avant-garde
de l'armée royale commence à faire entendre ses trompettes dans les défilés et
peu après à se mêler avec vigueur au
combat.

Elle fait diversion à l'assaut en obli-
geant l'ennemi a lui tenir tête et, quand
toutes les forces Espagnoles arrivent,
conduites par Alphonse lui-même, l'action générale s'engage dans une mêlée
affreuse. Toutes les hauteurs, toutes les
vallées sont couvertes de combattants,
qui s'attaquent, se blessent, s'égorgent
avec des alternatives diverses de défaite
et de victoire.

Le tumulte et la confusion vont gran-
dissant : infidèles et chrétiens, roulant
pêle-mêle sur les pentes et dans les gorges, frappent au hasard, se poussent dans
le Douro, tandis que la lutte isolée, par
groupes, par masses, se continue avec
rage sur d'autres points.

Nul, pas même Rodrigue avec sa

grande voix, ne peut établir la distinc-
tion des partis et des armes ; heureuse-
ment la nuit vient peu a peu mettre un
terme au combat et au massacre.

Mais au lever du jour la bataille est
reprise avec un redoublement d'énergie
et de fureur.

Le chef Musulman s'efforce de reconquérir ses avantages ; le Cid vole partout
sans casque, sans cuirasse (*il a tout perdu
dans la mêlée*), il essaie de rallier les
troupes Espagnoles autour des bannières
chrétiennes, mais ses efforts se brisent
encore contre le torrent des bataillons,
qui va grossissant et se mêlant toujours
de plus en plus.

Il songe alors à finir cette lutte incer-
taine par la mort de Siurf-el-Amir ; mais,
pour le trouver, lui aussi, dans le chaos
des combattants, il faut entasser le carnage à droite et à gauche.

Le héros se jette au milieu de la bataille, fauche tout à ses côtés, cherche le

capitaine ennemi, le provoque l'appelle;
mais soudain une immense clameur d'effroi retentit dans un vallon : — « Le roi !
sauvez le roi ! » crie-t-on de ce côté.

Il comprend que son souverain, qu'il
n'a pu rencontrer encore, est en péril.

Bondissant aussitôt vers le lieu du
danger, en abattant, culbutant tout ce
qui l'arrête, il aperçoit un gros d'infidèles qui environnent Alphonse !

— « Tizzona ! hurle-t-il, jamais plus
grand honneur ne te fut ménagé ! » et,
tombant comme la foudre au sein du
groupe triomphant, il décharge sur lui
son formidable glaive.

Trois Arabes sont abattus par ce coup.

Il plonge et replonge son bras dans le
carnage, et soudain il voit le chef musulman, perdu dans cette mêlée, tomber sur
les cadavres des siens !

— « Victoire ! s'écrie-t-il aussitôt;
mort Siurf le païen ! »

Cette nouvelle, répétée sur les hau-

teurs et dans les ravins, glace les infidèles d'effroi, arrête l'élan de leur
courage.

Les chrétiens redoublent de vigueur
et d'acharnement contre un ennemi
troublé, incertain et que la panique
commence à précipiter vers le fleuve,
pour trouver le salut au-delà de ses rives.

En voyant cette déroute, le Cid en-
traîne ses soldats à la poursuite des
fuyards, les massacre, les taille en pièces, noie dans les ondes les plus attardés,
rejoint ceux qui ont franchi le Douro et
jusqu'à la nuit, à travers les monts, les
bois, les ravins et les plaines, il les
traque sans repos, pour expulser les
survivants hors des frontières de la
Castille.

A la chute du jour la victoire était
complète.

XV

Alphonse, tranporté par les siens dans
une tente dressée à la hâte, y avait reçu
les secours que demandaient ses bles-
sures, et là, en attendant le grand vainqueur, auquel il devait sa couronne et sa
vie, son esprit se livrait à toutes ses pen-
sées d'admiration et de repentir :

— Quelle grandeur d'âme que celle de
Rodrigue ! se disait-il ; quelle générosité
que la sienne ! Non-seulement avoir
consenti à défendre mon trône, lorsqu'il
pouvait me le laisser ravir, mais tout à
l'heure, quand j'allais succomber, lorsque ma garde ne suffisait plus à me pro-
téger, avoir arraché ma vie au fer Musulman !... Et c'est celui que mon injus-
tice a exilé, celui que j'ai dépouillé de
ses titres et de ses biens, qui m'a rendu
une fois de plus de tels services !...

O noble Rodrigue ! je fus trompé par

de lâches courtisans, tu me le disais. Ton
cœur me pardonne-t-il de t'avoir sacrifié
à leur basse jalousie? Ah ! je sens tout ce
que ma conduite à ton égard a de cruel
et de honteux !.....

L'ARMÉE (*au dehors.*) — Honneur au
Cid! Triomphe, victoire au héros!

ALPHONSE. — Il revient d'achever la
déroute des Arabes, et je vais le voir
déposer à mes pieds son épée glorieuse !..... Ah! comment oserai-je soutenir sa présence?..., Ses vertus.. mes
torts...

L'ARMÉE. — Triomphe au grand vainqueur !

LE CID (*au dehors.*) — Soldats, gloire à
votre Souverain, qui a voulu lui-même
vous conduire à la victoire, et gloire
aussi à votre indomptable courage !.....

(*Entrant dans la tente royale et ployant
le genou devant son roi*): Ah! sire, il m'est
enfin permis, à vos pieds..... Que ce moment était désiré de mon cœur!

ALPHONSE (*confus.*) — Rodrigue ! Rodrigue ! votre souverain coupable.....

LE CID. — Sire, un sujet ne peut entendre un pareil mot sortir de la bouche de son roi.

ALPHONSE   Et son roi doit le répéter, lorsque ses iniques rigueurs.....

LE CID. — O mon prince ! un monarque peut frapper, il n'offense pas.

ALPHONSE. — Et moi j'ai offensé ! Oui, j'ai offensé le plus grand de mon royaume, l'ami véritable de mes intérêts, j'ai offensé le Cid !

LE CID. — Seigneur, si je vous suis agréable, ah ! ne m'humiliez pas davantage !

ALPHONSE. — Non, chevalier magnanime, je ne dois pas t'humilier ; c'est moi qui ai besoin de ton pardon... (*s'inclinant*). Oui, à tes pieds, Rodrigue, âme incomparable.....

LE CID. — Grand Dieu ! je le souffrirais ?..... Non, sire, et à ce prix il me sera moins pénible de sortir de votre présence..... Mais je dois au contraire vous protester encore et pour toujours de mon inviolable fidélité. (*Il lui présente à genoux son épée.*)

ALPHONSE. — O Cid ! tu veux donc me laisser sans réparation à ton égard?... Tu veux que je garde sur mon cœur ce poids d'ingratitude et de honte?...

LE CID (*se tournant vers ses chefs.*) — Capitaines, dites à votre roi si jamais Rodrigue le maudit de ses infortunes, les lui attribua ou s'en plaignit?

LES ESPAGNOLS. — Gloire, honneur immortel au Cid !

LE CID. — Je n'ai fait que ce que je devais ; tout l'honneur est dans le retour des bontés de mon souverain en ma faveur.

ALPHONSE. — Va, héros, si la disgrâce fut éclatante, la satisfaction le sera aussi. Exige toutes les dignités auxquelles tu as droit, elles te seront accordées.

Le Cid. — Les seules choses que je
désire et que je supplie votre majesté de
me conserver toujours, c'est la liberté
de mes conseils et le pouvoir de servir
sans entraves mon Dieu, ma patrie et
mon prince.

Alphonse. — Ah! Rodrigue, que je te
reconnais bien à ce noble langage!

Le Cid. — C'est celui de tous mes
valeureux soldats.

Les Espagnols. — Oui, sire, nous de-
mandons à combattre et à mourir pour
l'Espagne et pour vous.

Alphonse. — Ah! vous me servirez
toujours, hommes héroïques, et vous
resterez à jamais sous un tel chef, car,
Rodrigue, je vous rétablis dans tous vos
titres, honneurs et biens, et je vais y
mettre le comble.

Le Cid. — Oh! sire, quel moyen de ne
pas me dévouer tout entier aux intérêts
de votre couronne?

Alphonse. — Je vous rends ma con-

fiance, mon amitié et je les jure inébran-
lables ; puis demain, en présence de tout
le peuple de Burgos, vous serez proclamé
de ma bouche vice-roi de Valence et de
tous les pays conquis par votre glaive.

LES ESPAGNOLS. — Honneur au roi !
Gloire au Cid !

LE CID. — Seigneur, cet excès de
puissance... votre amitié me suffisait.

ALPHONSE. — Pour la sceller à jamais,
approchez, Rodrigue, et recevez d'Alphonse le témoignage le plus intime de
la faveur royale. (*Il se lève et embrasse le
héros.*)

LES ESPAGNOLS. — Gloire à notre souverain ! Honneur et triomphe au Cid !

LE CID. — Oui, mes amis, gloire, honneur à notre prince ! Désormais nous
marcherons encore plus hardiment aux
batailles et nous ne remettrons le glaive
au fourreau que lorsque la race maudite
des païens ne souillera plus le sol de
l'Espagne. — Jurons à notre tour, jurons

à notre roi d'étendre de plus en plus son empire sur les terres des musulmans et au Christ notre Dieu de lui rendre notre patrie !

LES ESPAGNOLS. — Haine et mort à l'infidèle !

XVI

On se sépara.

Le jour était à son déclin, ce n'était pas l'heure de rentrer pour le triomphe à Burgos.

Par les ordres du Cid, les soldats préparent leurs tentes pour la nuit, enlèvent les cadavres du champ de bataille, inhument ceux de leurs frères, jettent ceux des maures dans le Douro et passent le reste de ces heures dans les joies de la victoire.

Le lendemain, au signal du roi, l'armée entière reprit la route de la capitale.

En tête des rangs s'avançait Alphonse,
ayant Rodrigue à ses côtés.

A une certaine distance de la ville, une
population nombreuse et ivre d'enthousiasme accourut au devant des vainqueurs, acclamant à la fois le monarque
et les guerriers, mais surtout le Cid,
qu'elle revoyait enfin et qui venait de la
sauver encore.

A mesure qu'on avançait, sur l'ordre
des hérauts d'armes, la foule se taisait
pour écouter la parole royale et Alphonse
répétait sur son passage : — « Je veux
que tout honore dans Rodrigue, notre
vaillant et fidèle ami, le vice-roi de Valence ! »

Les transports, les acclamations re-
doublaient partout en l'honneur du
héros.

Après avoir parcouru les principaux
quartiers de la ville, on arriva en face du
palais royal.

Là quel spectacle de fête ! Les princes,

les princesses, les grands de la cour, debout sur les balcons, dans les vestibules dorés, attendaient le monarque, ses capitaines triomphants et plus que tous leur incomparable chef.

Chimène et ses enfants, placées à côté de la reine (*car avant son départ Alphonse leur avait déjà rendu leur rang et leurs dignités,*) attiraient les regards de tous.

Le Cid les aperçut et des larmes touchantes roulèrent sur son mâle visage.

Un instant après, dès que le roi eut mis pied à terre, le père, l'épouse, les enfants furent dans les bras les uns des autres, suffoqués d'attendrissement et de bonheur, ne pouvant exprimer tout ce qu'éprouvaient leurs âmes, mais se promettant de rester désormais inséparables, puisqu'ainsi l'avait juré le souverain.

Durant huit jours les fêtes se pour-

suivirent dans le palais et dans la cité,
mais Rodrigue renvoya précipitamment
ses compagnons à Valence, sous la conduite d'Alvar, afin de la mettre à l'abri
d'un coup de main ; puis, lorsque son roi
voulut bien y consentir, avec Chimène,
ses enfants et une escorte d'élite, il partit à son tour pour se rendre au siége de
son gouvernement.

Il laissa son manoir héréditaire à la
garde du vieux et fidèle Gomez.

Sur leur parcours, la foule pleurait
de joie et de regret ; ils furent accom-
pagnés des acclamations et des adieux
de la Castille entière.

Le vice-roi de Valence alla de près
contenir les infidèles sur les limites de
sa patrie et jusqu'à sa mort l'Espagne
chrétienne fut bien gardée, bien défendue, agrandie ; sa redoutable épée
les repoussa de plus en plus vers
l'Afrique.

Son nom retentissait au loin à chacune de ses victoires et d'un bout de l'Europe à l'autre les peuples continuèrent à redire, à admirer, à exalter le nom, le fameux nom du Cid Campéador, la terreur des mécréants.

A. R.

FIN.

Limoges. — Imp. Eugène Ardant et Cⁱᵉ